KB037512

구지평 시조집

적멸을 위하여

Sijo Poems by Koo Ji Pyoung

 동학사

적멸을 위하여

지은이 · 구지평
펴낸이 · 유재영, 유정용
펴낸곳 · 주식회사 동학사

1판 1쇄 · 2024년 8월 20일
출판등록 · 1987년 11월 27일 제10-149

주소 · 04083 서울 마포구 토정로53 (합정동)
전화 · 324-6130, 324-6131 | 팩스 · 324-6135
E-메일 | dhsbook@hanmail.net
홈페이지 | www.donghaksa.co.kr
            www.green-home.co.kr

ISBN 978-89-7190-892-1 03810

짐하나 지고사네, 실새삼 걷어내는 일

마음하나 일어서고 마음하나 사라지니

온 우주 숨탄것들 다 간절하게 보이네

2024. 盛夏

구지평

적멸을 위하여

구지평 시조집

1

2

5

1

머리말

외돌던 걸음 잠시 설 때 같이 서는 혜윰들이

　오랫동안 이 길을 걸으며 안개는 솔밭에 어떤 비밀 감추는지, 구름은 내 앞에서 거리를 유지한 채 으쓱거리며 어떤 보폭 맞추는지, 삘기는 잔디 사이로 새봄을 밀어 올릴지, 칡넝쿨은 비탈 짚고 기어이 올라설지, 가을에는 저 가을이 가을답게 공활 할지, 숲들이 귓속말로 으밀아밀 속닥이는 것을 힘들 때마다 느낀다. 발목을 잡는 들풀이 또 우렁잇속이 되었을 때, 슬며시 길섶에서 나온 유혈목이 사리사리 틀고 앉아 음흉한 혀로 유혹할 때, 다시 돌아서 갈 것인가 아니면 한바탕 눈치 싸움을 한 후에 꼬리를 감추는 놈에게 워럭 흘기고 다시 걸어갈 것인가, 나는 또 좌고우면하는 것이다. 한차례 방정식이 끝날 즈음에 발자국이 묵직한데 한 가지 분명한 건, 매몰차게 내려치거나 돌멩이로 사정없이 머리를 찍는 따위는 도저히 할 수 없는 내 모

9

습이 허위허위 허공밟기만 하는 것이다.

맺음말 등을 밀 때쯤 그예 앞서는 귀거래사.

저녁강

돌같이 타는 울음
피멍 같은 놀빛이다

허물어진 붉은 울음
엉겅퀴 꽉 다문 어금니

물억새 혼불을 따라
나도 타는 저 강이다

가을 모정

가풀막 큰바람에

합장하고 허위허위

저 몸부림, 별이 되라고

구절초 피워 놓고

가을은

늙지도 못하고

멍멍하게

선 채로

내성천변 물래실*

어정쩡한 물안개가 저녁강을 서성이다
속기 벗는 투명함에 산빛이 검어질 때
실골목 저뭇해지는 내성천을 감싸고

굼닐대던 저녁연기 모래톱으로 불러내면
속 깊도록 시詩에 숨어 우련한 물래실이
갈라진 시간 틈새로 제 몸피를 드러낸다

허물어진 돌담 너머 마당귀 마른 장작더미
텅 빈 방 잠긴 시간 푸른 여백 문장인데
이제야 적요를 푸는 한 올 한 올 자화상

평면으로 구겨지는 빛바랜 담초談草 위에
창문마다 달이 뜨면 거기에, 아! 거기에
묏등에 답청하시는 어머니가 서 있네

_____

* 경북 예천 마을 이름

13

가지 못한 외길

몰아치는 저 눈보라 밤도와 가뭇없다
언제쯤 그 길들은 나에게 문을 열까
무수한 발자국으로 질문을 대신하고

고즈넉이 걷던 숲길 여전히 아픈 이름
두고 온 빈 의자에 모음 자음 붙안는데
담담한 먹색 화석이 굳은 풍경 막아선다

커피향이 묻어나는 퇴색된 시린 여백
숫눈길 목에 걸린 물음표가 어지럽다
아득히 남겨둔 외길, 눈은 언제 그칠까

여뀌꽃

이슬은 도둑처럼 새벽 몰래 다녀가고

석양은 제 몸 태워 오는 어둠 붉히는데

눈물도 말라버린 채 건답 베고 누웠구나

천더기 이골이 난 솔기 터진 실뿌리들

끄레발 말아 올린 붉은 울음 저 여뀌꽃

누부야, 태생의 굴레 어찌 지고 가려고

거미부처님

개심사 홍매화는
봄볕에 무아경인데

일주문 공포 걸고
설법하실 요량이다

"겨우내,
참회문 한 줄,
공덕을 쌓았느냐"

가을 공양

여류如流하는 가을빛에 뇌 주름 골골 깊다
서슬 퍼런 상고대에 소슬한 가을살이
부릅뜬 생살을 깎아 알심 맺는 살신공양

그 녘, 쪽물 든 가을 섶에 까치밥 하나
이름값은 해야지, 사분사분 별이 되고
속살의 선짓빛 이력 시설柿雪로 적바림하다

만리화

선물처럼 늘 그렇게

화사하게 오는 저 봄

잰걸음 무뎌질수록

담벼락에 잦아드는 봄

번다한

불면의 밤에

늘어지는 말줄임표

시절인연

'내가, 내가 꽃잎이야' 말하지 않는다고
그것이 가시라고 스스로 곱걸곤 하지
방하착放下著
걸어놓고서
닿지 않은 빈 배라며

길 따라 저무는 연緣 수북이 쌓아놓고
온밤을 묶은 채로 내려놓지 못한 상념
착득거着得去
가시로 찌르며
겹매듭 짓고 있네

설악 다비식

골골에 이는 바람
경전을 암송한다

바람이 댕긴 화염
만산에 주홍난장

홑청이
삼동에 드는
업멸業滅이다, 저 풍광

탐매

1.

홑단의 녹의홍상 속눈썹 파르르르
혹한으로 잉태하여 꽃이 먼저 몸을 풀고
절담 안 홍자색 자태 매화 향기 가득하다

2.

무채색 강가에서 손 흔드는 저 여인아
끝동에 고운 주름 만첩백매 골이 깊다
설중매, 서릿바람에 비문으로 텅!
지던 그 밤

매화타령

아이야 꽃구경가자 봄볕에 매화가자
산삐알* 가득가득 꽃눈이 몸을 푼다
몸 푸는 꽃눈을 따라 매화십리 마중가자

만디만디 산만디**로 명지바람 불어온다
골골샅샅 저 매화들 어우러져 달뜨는데
간밤에 싸라기눈은 여태까지 몽니더냐

아서라, 눈서리야 한시절 서럽더냐
손잡고 매화나 가자 따따부따 부질없다
그윽한 매향 만릿길 누천년을 흐른다

---

* 산비탈
** 산마루

난분분

장대비와 폭설이 함부로 난장판이다
섭슬린 12월이 내남없이 고단하고
몸피를 더는 구름이 와류에 휩쓸려 간다

물은 물로 돌아가고, 하늘은 물끄러미
부황든 황혼마저 고적에 드는 적막
계절의 성긴 모서리, 화엄으로 아우른다

산문 어귀

창공에 달뜬 가슴
상강 절기 홍시 너덧

해 질 녘 가지 끝에
산까치 합장하고

황망히 길 나서는 스님
품에 안은 지청구

2

달항아리

두리두리 만삭의 몸
즈믄해를 넘나들며

눈멀어 한평생을
살아본 적 있었더냐

없다면
세상없어도,

엄마인 척하지 마라

달구박질

억쑤로 조타카마

지도 마 글타카고

무다이 안아싸마

실쩌기 자빠지고

쌩 맨 따

댑따 띠떠만

마누라에 얼라가 둘!

자리끼

누워 사는 그림자는 어둠에 뼈가 녹고
직립한 흰 새벽이 담장 밖에 우뚝 선다
잠결을
옭아매두고 또 한 밤을 태웠구나

태산처럼 누우라니, 어쩌란 말이더냐
발을 떼는 한시름 짐승처럼 치달린다
남루한
밤의 끄트머리 물맛이 외려 쓰다

단애

해 지는 저녁나절 먹장구름 몰려오고

작달비 날쳐대면 안방도 무서운데

아침에 들에 나간 어머니가 안 오시네

에움길 움켜쥐고 삭아가던 팔십평생

속죄할 길이 없는 명치끝에 터를 잡네

가진 것 다 내주시고 못 올 길 떠나시며

반가사유

치매기 사이사이 반가움에 우리 엄마

염화미소 섬광 한 줄 웅숭깊은 눈빛으로

"바쁜데 머할라꼬 오노!" 금강경을 외신다

자식 갈 길 되짚는가 구절양장 돌고 돌아

자식 앞에 나투셨네, 보살님 미동도 없이

병상에 또 다시 반가半跏, 이내 천년 흐르겠네

동지팥죽

새삼스레 두려움에 모골이 서던가요
열꽃이 붉게 피어 썩어가는 핏덩이에
팥죽물 발라가면서 긴긴밤 지샜다지요

고방 냉골에 눕혀놓은 숨구멍 사이사이
쩍쩍 마른 피철갑에 팥죽도 갈라졌다지요
처용이 다녀갔는지, 숨길이 열렸다지요

동짓날 그 팥죽도 은결로 반짝이고
하늘에 별이 되어 내려 보는 내 어머니
용케도 살아남아서 죽 한 그릇 올립니다

자반행장

소금버캐 절여진 삶 자반으로 거듭난 몸

저잣거리 좌판까지 흘러온 길 더듬는다

등 푸른 바다 냄새에 덧난 상처 아리구나

눈에 암암 귀에 쟁쟁* 만등불사 맞잡은 손

한 손이란 이름으로 차안피안此岸彼岸 에돌다가

반상에 뼈로 남은 몸 저승길을 동행한다

---

* 조선후기 가사 「상사별곡」에서 빌림

젊은 비망록

가없는 문장에서 당당히 비상할거야
내 탓이 아니었어, 힘들고 지칠뿐이야
떠나자, 마우스를 타고 언 땅에 아바타들아

사이버스페이스 속 서핑하는 이카로스
불안해지는 모니터에 투명한 모음들아
백허그 은밀한 덫에 매달리는 페르소나

자상화自像畵

세월이 녹슨 현관문, 목하 도색 중이다
내맡긴 몸피듬은 눈어림 여며 주고
적막한 황혼에 스미는 촉수 낮은 초롱꽃

어디에서 찾아볼까 빛나던 날것 한 철
톺아보는 낡은 유산 복도 끝에 밀려나고
무연고 스티커들만 지상권을 요구한다

무너진 풍경 하나 흑백으로 잦아든다
천칭의 양어깨에 가라앉는 마른 살갗
박제된 데칼코마니 낮과 밤을 앓고 있다

점자 꾹꾹 눌러가는 청맹과니 몸짓인가
어중간이 덫에 걸린 석고상만 같은 몰골
오밤중 시곗바늘이 힘겹게 돌고 있다

강릉별곡

처조카 결혼식에 가족여행 부산하다
결혼한 아들딸 내외 말꽁무니 세우면서
활시위 당겨놓은 듯 영동고속도로 탱탱하다

돌배기 손자 손녀 선잠에 여린 울음
느닷없는 성장통을 온몸으로 겪나 보다
저 작은 우주 안에서 아랫니가 뽀얗다

주문진 물두덩에 바다 이야기 찰방대고
몸맵시 맷맷한 제철 부시리가 요염하다
늙마에 쇠잔한 지갑, 자식들이 살핀다

양간지풍 할퀸 화마, 허탈한 상처 안고
숯검정 몰골들이 에움길에 울고 있다
숨 가쁜 강풍호우 예사롭지 않은 그 밤

베란다 건너편 세상 풍·우·육·해 전장인데
내 딸아, 너무 이쁘구나 울지마라 내 딸아
애 마른 어미 가슴에 난바다가 들앉는다

사는 게 팍팍할 때 오늘을 생각해라
당부하고 싶은 말, 노인네 잔소리지
도시로 회귀하는 길 비 갠 하늘에 궁륭이다

으밀아밀

치자향 가득한 곳 그곳은 멀리 있어
비탈진 계단으로 오래도록 걸어온 길
이제는
의자를 접고 바람벽에 들어야지

떠나온 숲속 기억 오래오래 더듬는다
마른 꽃 고갱이가 언덕을 서성일 때
액정 속
가시나무가 운무에 흐려지고

방명록 살갗 속에 고향집도 낡삭았다
흐려지는 산등성이 표지처럼 퇴색되면
갈맷빛
본래 있던 곳, 그곳으로 가야지

6월 수채화

법계사 해거름에

금낭화 투구 쓴다

피어나는 는개 무리

청학동 잦아들며

천왕봉

천길 발목에

붉은 피가 번진다

가난한 시인의 하루

물소리에 목매는
수양버들 가지 같다

감긴 듯 늘어진 듯
시時와 시詩 행간 어디

여우비 깐죽거리는
정오를 깔고 눕는다

한계를 알 수 없는
도식화된 허방다리

되짚는 덫의 오독誤讀
헛심 쓰지 말아야지

통속의 발칙한 상상
행간에서 찰방댄다

달빛 닦는 밤

손가시 물어뜯는 봄볕에 마른 보릿대
무표정한 기억 속에 망각의 다향茶香으로
쏟트린 이름 하나가 여백으로 발효된다

유년의 꿈 되작이는 청잣빛 물달개비
먹감나무 이파리에 멍 자국 남아있다
철마다 타는 그리움, 야울야울 저 잔향

쨍

회룡포 장안사 길
거친 숨 몰아쉬는데

능청맞게 솔방울 툭!
정수리를 다그친 날

비룡산
산복도로를
깨치는 죽비소리

3

순례의 길

눈발들 맵차구나 겨울밤 길고 긴데

휘어진 고비마다 동안거 면벽수행

몸 푸는 햇귀 한 톨에 배롱나무 길 나선다

친일문학론

동대문 헌책방에 곰실곰실 낡삭은 테제

부유하는 티끌 속 아우성, 저 귀곡성

빌붙는 불면 귀신에 햇귀조차 버겁다

LOG OFF

혀를 닫는 와이파이 우주는 접속 불가

낙타가 덫에 걸려 주름살 골이 깊어도

사구砂丘에
걸린 노을이 기지개를 켜고 있다

세한석공歲寒石工

해돋이 한끝에서
붉은 우주 들이받는다

세한을 밟고 서서
벼린 날로 돌을 깬다

무아애無我愛
초인적 결기
매의 눈을 부라린다

왜목항 해돋이

잔물결 바다 윤슬
봉숭아 꽃물 들이려

왜목항 이른 동살
점묘화로 피어난다

우지끈,
솟아오르는
손톱반달 저 매놀이

저물녘에

물굽이 벅차도록 한뉘를 관통하네

배곯은 도깨비불 순결역결 더하던 골

아직도
감탕밭 예는
쉬이 넘지 못하는 저 강

시詩집살이

겨울은 매 흑백이고 봄은 아직 맨발이다
저기는 불 켜진 창, 닿을 수 없는 기슭
끝나도 끝나지 않을, 길 위에 길 벼룻길

한 줌 간절함으로, 한 발 다가설수록
문틀을 슥 긁고 가는 오매불망 한무릎에
겨울눈 단단한 문장 창문틀을 뒤흔든다

별 사위는 저 등마루 결빙이 숙어지면
봄꽃이 벙그는 길 돌아오라 시혼詩魂이여
새벽별 고즈넉하게 시공 너머 내딛도록

가야에 잠든 별

시공을 넘나들다 적멸에 든 볕뉘 한 줌
푸른 별 가야벌에서 시간의 꽃* 매만진다
꽃대궁 뼈마디마다 일어서는 절창들

천상의 섬광 한 줄 지상에 흩뿌리고
모천으로 회귀하는 쇠뜨기** 나를 위해
회청색 굽다리 작爵에 청주請酒를 하지마라

새벽은 늘 잔잔하고 타는 놀빛에 별이 진다
아득히 저 등마루에 옹글게 밤이 들면
완자창 드는 바람이 적막을 풀어놓는다

---

* 박권숙 시조집 제목.
** 박권숙 시 제목.

별이 된 아이에게

희뿌연 유리창에 반쯤 풀린 홀로그램
어룽지는 기억 하나 손 한 번 못 내밀고
무심코 비손만 하다 그 손금에 갇힌다

아아, 너도 저편에서 내일로 가고 있구나
작고 여린 그 체수로 창문에 매달린 채
내 삶의 노이즈로 남은 어디쯤 배회하며

목젖에 시나브로 스며드는 파스텔 톤
이제 그만 놓아주라 무가내하 잦아들고
봉인된 검은 입술만 애처로운 외통수다

깔딱고개

파리한 얼굴들이 줄지어 넘어가요
마른 꽃 가뭇하게 번져가는 빛 한 점
가끔은 소슬바람에 뼛속까지 시리고

흘림체 주파수로 한 갑자甲子 매달렸네요
얄망궂게 부는 바람 어깨를 툭툭 칠 때
실직한 베이비부머* 안부를 물어와요

아슬아슬 허청걸음 갈 볕에 개망초꽃
살다 만 듯 산 그 세월 삼마치도 넘었으니
불면증 가파른 새벽 한 백 년쯤 괜찮아요

---

* 1955년 ~ 1963년 사이 태어난 사람들.

동거

바람이 딴전 피우는 써늘한 커튼 뒤에
암갈색 거미 한 마리 눈빛이 앙칼지다
저놈의 우렁잇속은 갈피 모를 문장이지

귀로 보는 그 속불꽃 연원이 어디인가
날을 세운 언월도로 초전박살 내려다가
옹색한 견문발검에 없는 대본 되작인다

달력만 들추어도 낙엽이 지는 세상
맹물스런 아무것과 오뉴월 독새기*가
소우주 얽히고설킨 명품이라 읽는다

———————————

* 모내기철이 오기 전에 논에 파랗게 자라는 풀.

시학詩學에 들다

벌레 먹은 쭉정이와 알곡은 한 장 차이

바닥에 누워서 보면 허공에 문장 몇 줄

낙과로 시작한 여정 생의 경계 묵언 수행

갈맷빛 지워내는 예사로운 저 가을볕

허기져 더딘 걸음새 그저 다 오십보백보

손바닥 펴놓고 보면 자벌레 잰 길이다

사유의 방
- 적멸을 위하여

태초에 돌아드니 번뇌 망상 사라지네
자욱한 붉은 기운, 천상에는 서라벌 성좌
웃풍도 적멸에 겨워 미동조차 없는 방

천년 세월 건너오신 두 분의 미륵불님
손가락 끝 가벼움에 불국토를 올리셨네
눈웃음 부처님 말씀 저리 살가우시고

오므린 듯 입술 사이, 수줍은 듯 염화미소
사그락사그락 법의 자락 숨결에 흔들리네
견고한 반가 자세로 미혹 끊어 성불하셨겠네

보살님, 그만 돌아가 자성불법 닦으시게
광배도 내려놓은 순환의 끝없는 여정
고요 속 참선에 드시면 다시 또 천년이겠네

수덕사 원력

덕숭산 누자락에 터를 잡은 도량에서
중생과 부처가 서로 어깨를 걸고 있다
소우주 들숨날숨이 누천년을 흐르고

불두수족佛頭手足 몸피 줄인 화전리 저 사면불
찰나에 흘러가는 사방정토 통찰하다
터앝이 피안의 언덕 배추벌레 푸른 똥

얼굴에 핀 검버섯 우세종이 되더니만
피부암으로 변질되어 몸피를 늘리는데
남은 생 데리고 갈란다, 아버지 웃기만 하고

암이라니, 아부지가! 호들갑 떠는 막내
해탈한 울 아버지 고적한 시간 앞에
약사불藥師佛 둥근 약단지 빈 웃음이 환하다

시린이*

난독성難讀性 극복이야 일테면 제 몫이지

굽은 허리 불빛 따라
키가 크는 그림자도

뇌 속에 들락거리는 말귀 따라 말글이 자라

숲에는 우아하게
클래식은 애피타이저

멋진 동영상을 얼룩말에게 선물하고

진부한 꽃과 나비 따윈
문장에만 남는 거야

---

* 시詩 초보자

4

비정규

빛을 몰아내는데, 태양이 힘을 보탠다

지나는 맵찬 겨울, 철야에 거친 숨소리

가엾이 눈물겹도록 문밖에서 떨고 있다

콱,

빽어꼬 힘어쓰마 흙수저라 카는 기다
살고 시프마 기라꼬, 대갈통 박꼬 납짝 찌그리라

썬과 악?
goddam이라꼬 지랄!
있는기 썬이다, 와?

내사 모립니다, 그기 아이고요… 허방놀인기라 마카다!
대따박아뿌마 장땡아이가! 우쩰낀대! 앙글나?

금수저?
탐내 봤자지, 쩌질이들
여즉까지 모리나?

씨발!

번아웃 증후군*

개미굴에 불빛 든다, 새들이 집에 들 때면
입을 봉한 검은 얼굴 똑같은 걸음걸이
집어등 건물 안으로 일개미들 쓸려간다

쏘아올린 돌팔매가 과녁 비켜 되돌아온다
귀살쩍은 발목으로 사다리를 오르다가
백야에 헛딛는 허방, 외돌다가 눕는다

옥상에 올라가면 검은 눈은 늘 내리지
죽어버린 그 눈들이 눈으로 내리는데
워라밸, 달빛 무젖은 밤고양이 칸타타

모두가 알고 있지, 층층이 복층인 걸
기본급 연장수당 심야수당 특근수당
오늘도 부러진 볼트로 키 높이를 맞춘다

---

* Burn-out Syndrome. 만성적 직장 스트레스 증상.

65

박제된 증언

말들은 늘 끈질기며 어둠처럼 숙덕댄다

하늘이 잿빛일 때 나무들은 무료하고 수다스런 그림자는 말들을 앞세운다. 그림자에 가려진 꽃은 늘 숨이 가쁘다. 건조한 나무들의 수다에 지친 꽃이 독방에 누운 채 향기를 거둔다. 숲속에 두 번 다시 낮은 오지 않는다. 건조한 마구간에서 영혼이 숲속으로 돌아가고 있다. 늙은 정원사가 슬픔을 묻을 묘혈을 판다. 관자놀이에 돋는 핏줄처럼 도드라진 눈길이 뒤를 따라 묘혈에 든다. 어두운 골목은 함구한 채 한동안 시간이 비껴간다. 죽음의 냄새를 잊은 말들은 새로운 꽃을 피운다. 박제된 증언은 늘 향기가 없다. 오랜 침묵은 방황하다가 세월 따라 언덕을 넘어간다. 더 이상 분화하지 않는 말들이 낡은 우편함 속에서 또 다른 꽃을 피울 때,

아무도 꽃에 관하여 발설하지 않는다

서울 블루

웃어른 뿔나셨나 폭염이 도를 넘네
구름마저 탈탈 털려 힘이 빠진 우주가
열병을 다스리느라 맨살로 밤을 샌다

뙤약볕 골밀도가 궤도를 벗어난 동네
벼락거지 빈손에 부동산 블루 포모증후군*
지도를 슥슥 문지르는 손길이 허수롭다

살 없는 우산대로 거푸집을 올려보자
삶이된 집 집이된 삶, 오달진 건물주 로망
맨입에 광고전단지 삼키려다, 퉤퉤퉤 내뱉는데

깜냥대로 살 일이지 불바다를 보고도 몰라
외어앉은 지친 여름 실실 실눈을 뜨고
지구의 일기도는 하냥 가을로 가고 있다

---

* Fear Of Missing Out. 세상의 흐름에 소외된다는 불안감과 두려움.

미완성 문장

길나선 햇귀 한 점 허망하게 부서졌다
풋잠 깬 해 뜰 머리 나들목 교통사고
속울음 일그러지는 바람의 그 지향성

게게 풀린 동공에 식어가는 선홍빛 생
바퀴에 짓이겨진 공기 반 목숨도 반
길 위에 유체 이탈한 영혼이 멎어 있다

가엾고 헛헛하다, 눈을 감지 못한 사랑
함몰된 생의 흔적 더듬는 눈꺼풀에
지친 넋 허물어지며 절규하는 뭉크씨

소설小雪 풍경

비말에 몸을 내준 도시는 갈앉는 중

지하도 속 군상들이 시들부들 갈마들고

일회용 종이컵마냥 실없이 헤식는다

탑골공원 석등 위에 까마귀 시름 없다

날치던 번뇌 망상 죽살이 한창이고

줄어든 자외선 파장, 어깨 힘이 빠진다

착해서 탈이야
- 먼저 간 나대균*에게

불란서 딸네 집에 다니러 간 사람이
그 징한 펜데믹에 돌아올 길 잃었네
국화꽃 앞장선 길로 번쩍! 영생에 들었네

한 갑자 꺾은 그 나이가 뭐 많다고 벌써 갔냐?
지는 해도 쉬었다가 갔던 길 되 오더라
생떼질 우겨라도 보지, 모르고 왔노라고

---

* 전 중앙일보 기자, 애드윈커뮤니케이션즈 대표.

비대면 시대

이끼며 고사리는 화장 따윈 하지 않지 꽃 피우지 않
고도 제 발로 걸어가지 믿음이 덧난 상처에 붓질하기
바쁘지 믿고 보는 자리마다 균열이 끼어들지 불신은
검은 문장에 스스로 발을 뻗지 팬데믹, 코비드 -19, 파
놉티콘 공포지 위중증 변이 물결 불면의 밤 넘어오지
아무런 접촉 없이 조현증상 억누르지 모두가 비말에
갇힌 호모 언택트* 족속이지

---

* Homo untact : 비대면 시대를 살아가는 사람들을 의미하는 신조어.

Brain fog* 증후군

수제비덩이 같은 적막 한 점 불안하다
위태로운 시선들 머릿속을 틔워내다
희붐한 물결 너머로 흩어지는 잔상들

일렬로 덤벼들다 들추면 사라진다
건조한 나이테에 숱한 갈등 덧대지고
목젖에 매달린 언어 후유증을 앓는다

사람과 사람 사이 헛걸음 잦아질 때
마스크 속 편식증 가을볕에 스며들고
화면은 회색 오브제 코로나 발發 버그(bug)다

---

* 코로나 후유증의 하나. 머리에 안개가 낀 것 같은 멍한 느낌으로 생각이나 감
정이 무뎌지게 되는 증상.

정오의 까마귀

횡렬로 잠행하는 죽음의 정령들이
숲속 무덤 주위에서 시체를 난도질한다
정오의 까마귀*들이 거칠게 날아든다

검은 밤은 세 치 혀로 장막을 드리운 채
토막토막 비린내를 검은 봉지에 담는다
지구는 푸른 근원을 잃어버린 황무지

---

* 게오르크 트라클 『시집』 중 「까마귀」에서 빌림

취중 비망록

빗장 걸고 매달리던 공개채용 코스프레
빌딩을 넘보던 달 전봇대에 묶어 놓고
불콰한 포장마차에서 막걸리잔 나눈다

매화꽃 취한 밤에 객쩍은 개밥바라기
또 한 번 경험하는 화성의 바람소리*
한밤중 도취해 보는 야바윗속 혹성탈출

땅을 밟고 서 있는 건 허천한 옷깃일 뿐
술잔 속 소소리바람, 덧난 저 수심의 깊이
봄 한철 매화 가지에 각본 없는 연극 한 편

---

* 화성 탐사선이 화성 대기권에 진입할 때 녹음한 소리로 가장 위험하다는 '공
포의 7분'

바닥이 깊어져요

오후 한때 우주마저 뜬금없이 이탈해요
빛바랜 붉은 태양 블랙홀로 추락하고
노을이 부서진 바다에 마냥 곤두박이쳐요.

길 위에 산란하는 알듯 말듯 이름들이
무장무장 길어지는 달걀가리 증후군들
온기를 싹 앗아간 결빙, 검은 밤이 깊어져요

물류센터 빈 창고에 갇혀있는 목소리들
음 이탈한 음표들도 허우대만 멀쩡해요
이력서 공란 전면에 코로나가 창궐해요

디지털 노마드*

귀가 큰 사막여우 철가방에 매달린다
길 건너 원룸 창틀 참새떼 비비적대고
금수남이 터앝에 누워 편케 살 길 잃었다

펜데믹 감내하는 운명이 기박하다
휘휘친친 열벙거지 시침이 끌고 가고
염라졸 옴나위없이 신인류에 붙는다

어깃장에 대하 물결 난바다를 포기할까
내닫는 광폭행보 포스트 코로나 시대
무쌍한 바람의 족보, AI가 읽는 경전이다

---

* 첨단 디지털 장비를 갖추고 여러 나라를 다니며 일하는 사람. 또는 그런 무리.

5

늦바람

8월의 김장김치, 참수된 쑥대머리
한 획 한 획 못다 한 말 피 칠갑을 두르고
접시 위 이운 숨일랑 아낌없이 바친다

드나들던 가락들이 훅, 들이대는 살붙이
젖은 속살 혼절하듯 네 뜻대로 탐하시라
벼룻길 발가벗은 몸, 서혜부를 드러낸다

뭉거진 물관, 체관 에로틱한 거웃까지
발효된 예순 육질에 간간하게 달뜬 가슴
오늘은 타는 열대야, 소주 한잔 할래요?

6월 장마

심술 난 강풍폭우 속곳까지 파고드네

달걸이 차지 않은
채마밭 여린 이랑에

아수라
붉은 욕정을 탕탕히 들붓느냐

자드락비

비비추 여린 가슴
찢어대는 빗줄기야

그대의 눈물인가
이렇게 하염없는

사랑 참, 이리 미쳐야
화인火印으로 남는 거지

쇠발찌

무겁다 탓하느냐

고단타 시우쇠 업

한 닢 이슬 달아맨들

발목이 가벼울까

바늘밥

짧은 인연에

새 매듭을 짓는 일이

산국山菊

타고난
품성인가
오막조막 대바르다

저리 작은
가슴으로
태양을 다 품는데

동자승
노란 향기에
천진무구 장난 논다

사미인思美人

해거름 가을 속에 말문이 서성일 때
어느 날엔 꽃잎이, 어떤 때는 음성으로

기다림,
강처럼 깊게
속으로 타는 가을강

'아름다운 생각이 꽃잎만 먹고 살아요'
희망이 밀봉되어 발효된 심장으로

그리움,
타는 화염에
천산만홍 무아애無我愛

겉꾸림 광대
- 목포 근대역사관 앞에서

절벽 위 핏발 선 채 살붙이 하나 없다
얼룩진 멍 자국에 엉킨 시간 비틀댄다
벼루에 먹 간다한들 타는 가슴 견줄까

몽꾼들 늪에 빠진 무지렁이 광대들이
올곧게 물어야 할 원죄의 값 몰각하고
날치는 편집증 광기로 망나니 춤을 춘다

21C 그 민낯은 칼집 속 벼린 가슴
소녀상 지켜내던 민초들이 발검할까
태양이 뺨을 부비며 주름치마 여며준다

울컥, 우크라이나

피자 한 판 펼쳐놓고 자비 없는 땅따먹기
쟁기 대신 목총으로 죽기살기 맞짱 뜬다
울다가 얻어터지는 건 애먼 서리병아리

글로벌 전광판에 오디 빛이 배어든다
느닷없는 폭발음에, 살 떨리는 긴장 속에
귀청이 닳고 닳아서 달팽이관 반질댄다

봄인 듯 겨울인 듯 몸 낮추는 삼월 바람
흙먼지 검은 외투 의미 없는 살상의 장
비탈길 우크라이나여, 성전이 함께 하리

바지래기

은제쯤 바지래기 맛나는 지 알어유?
진달래 흐드러지고 꽃샘잎샘 잦아들 때유
요때는 청양고추만 넣어도 돼유, 몰랐지유?

민물에 소금 풀어 하룻밤 귀잠 재우믄
야들도 모래 같은 거 지대로 다 뱉어유
살믄서 그딴 소갈머리, 읊는 게 워딧남유

댁들두 복작복작 살 맞대고 살지유?
잘 혀유⋯ 조갯살 피 토하지 않게유
빤지락 갯벌 사는 거, 공 거 아녀유! 참말로

모천母川의 노래

1

한 번도 직선으로 가보지 못한 강이 있다
기슭 한 편 남의 소沼에, 여기가 모천이라고
광기로 대못질하고 쇠북소리 안고 산다

우주에 뿌린 치어 아파도 넌 우지마라
입양아 이름으로 비탈에 선 반쪽 세상
고사목 마른 가지에 비표는 백지장이다

2

이젠 노래하지 않는다, 의지가지없는 세월
내일이 금가는 소리 쪽박귀 흘려버리고
발효된 디아스포라 돌아갈 길 찾는다

벼룻길 곤고하다, 거슬러 톺아온 강
구름을 읽는 독법 댑바람에 얼부풀어

골배질 부어터진 손 백지장을 긁는다

3
집착을 내려놓고 예지몽을 붙안아라
무저갱 복닥판도 내 것이 아니라면
장지문 열어젖히고 아침이 올 것이다

Baby box 문을 열고 한 발짝 내딛는다
달 없는 검은 강에 반백기행 한뎃잠도
플뢰르* 이름 하나로 쇠북소리 잠재운다

---

* 플뢰르 펠르랭. 아시아계 최초의 프랑스 장관으로 임명된 한국계 입양아 출신이다.

술잔 방백

너는 어찌 그 입술이 갈수록 헤프더냐
취중에 매운 독설, 엉너리로 쏟아내지
꿍쳐 둔 속정까지야 내어줄 리 있겠느냐

농익은 몸뚱이를 사부자기 탐하느냐
실팍한 돌기라면 凹凸합궁 꿈이나 꾸지
대음순大飮脣 동기간인데 말해 뭐해 난리냐

주접에 게게 풀린 행색 또한 너절하다
발목들 돌아간 밤은 또 다른 단단한 밤
후렴구 퍼석퍼석한 너 때문에 나, 또 아프다

월매 가라사대,

이보소 이 남자야 눈치 없긴 절벽이네
귀공자들 놀던 터에 잡초 좀 말랐다고
춘향이 태어난 자리 야리야리 꼬나보네

그윽한 자네 눈빛 앉은 자리 축축하네만
한때는 강남땅에 태극기 꽂던 카사노바
일두봉一頭棒* 해 넘어가도 묵정밭엔 안 갈란다

가시버시 인연이야 진즉에 물 건넜고
한 허우대 멀끔하니 뱃노래나 불러보지
돌확에 연꽃 그릴게 코끝이나 박아보소

홍어는 삭을수록 제맛인 줄 안다마는
쪽배에 밤꽃 냄새 절굿공이나 적시려나
달빛에 저고리 걸고 애기집 빗장 풀어보게

---

* 거시기.

파도리 여름

차르르 차르르륵, 왔다가 밀려가고
쓰르르 쓰르르륵, 갔다가 다시 오고

울 엄마
조개껍질 같은 입바람만 푸르르,

놀다가 청얼청얼 쓰러져 잠이 들고
일어나 오줌 누고 내 동생 또 잠들고

한 번씩
바닷바람이 살펴보는 한나절

순리

9월이 어긋나면
첫서리 몽니 궂다

그렇다, 그렇지 않다
이래거나 저래거나

무논에
젖은 말뚝이
논배미 지고 간다

해설

시의 회로를 따라 도는 맑은 혈류
– 구지평론

김태경(시조시인 · 문학평론가)

결코 똑같은 강물에 발을 두 번 담글 수 없다는 고대 철학자 헤라클레이토스의 말처럼, 인간은 과거에서 미래로 향하는 크로노스의 시간 위에서 사유하는 것이 일반적이다. 그러나 단선형적인 시간의 흐름을 응축하거나 교차시키고 변형 가능하게 만드는 카이로스적 시간–사유를 하며 삶의 의미를 재구성하는 부류가 있다. 그중 한 갈래가 바로 시인이다. 시인은 시간 속에서 체험과 사유를 전회하며 언어의 운동에 힘입어 생의 지표와 감정을 표현한다.

과거로 거슬러 가는 시간은 회귀적 자아를 소환하

며 삶과 세계의 이면을 탐독해가는 기회를 부여한다. 그리고 언어는 촘촘하게 짜인 사건과 감정의 교직물 같은 기억의 장소를 마련한다. 이곳에서 회귀적 자아는 카이로스적 시간의 회로를 돌고 돌며 일상이고 현실이었지만 지금은 슬픔으로 점철되거나 기이한 환희로 발아하는 일련의 경험과 감정 앞에 멈춰 선다. 회귀적 자아가 멈춰 선 자리에서 시의 언어는 민낯의 순도를 드러내고자 하는 욕망을 품는다. 언어의 아름다움을 변주하며 재개再改되는 시적 현실이 펼쳐지면서 또 하나의 회로를 잉태하는 것이다. 새롭게 탄생한 시의 회로에는 시인만의 혈류가 흐른다.

2018년 정형시학으로 신인상을 받고, 2022년 불교신문 신춘문예에 시조가 당선되면서 괄목할 만한 성취를 이룬 구지평 시인 역시, 생성과 소멸로 점철된 카이로스적인 시간과 인생 여정의 회로 위에서 차안과 피안, 주체와 세계 등의 관계를 통찰 깊은 사유로 묘파한다. 그는 "시공을 넘나들다 적멸에 든 별뉘 한 줌"(「가야에 잠든 별」)을 언어 미학으로 궁글리거나 "낙과로 시작한 여정 생의 경계"에서 "묵언 수행"(「시학에 들다」)하듯 탐독한 각성의 산물을 자신이 구축한 시의 회로에 담아낸다. 그의 혈류는 맑다. 구지평 시인의 회로를 따라 걷다 보면, 그가 사유하는 어느 지점에서 시간의 흐름을 유보하며 회귀적 자아와 함께 순화되는 것을 느끼게 된다.

*

과거에 잠겨 있던 가능성들을 수면 위로 끌어올리는 것은 회귀적 자아의 의무이다. 시인이 기억의 장소에 머물며 시간을 거슬러 가는 행위는 각종 제약을 극복하는 번뇌와 같으며, 준-본질에 접근할 수 있는 자유를 형성한다. 인간은 온전한 본질에 가 닿기 어렵지만 카이로스적 시간-사유를 시도하고 고뇌를 견디며, 또 자신을 돌아보는 노정을 지나오며 스스로에 대한 준-본질에 좀 더 가까이 머무르게 된다.

구지평 시인이 "물굽이 벅차도록 한뉘를 관통하"(「저물녘에」)면서 "태생의 굴레 어찌 지고 가"(「여뀌꽃」)는지, 회귀적 자아를 통해 내외적 제약을 극복하는 양상을 다음 두 시편에서 확인할 수 있다. 선명하게 느

껴지는 구지평 시인의 맑은 혈류를 따라가 보자.

세월이 녹슨 현관문, 목하 도색 중이다

내맡긴 몸피듬은 눈어림 여며 주고

적막한 황혼에 스미는 촉수 낮은 초롱꽃

어디에서 찾아볼까 빛나던 날것 한 철

톺아보는 낡은 유산 복도 끝에 밀려나고

무연고 스티커들만 지상권을 요구한다

무너진 풍경 하나 흑백으로 잦아든다

천칭의 양어깨에 가라앉는 마른 살갗

박제된 데칼코마니 낮과 밤을 앓고 있다

점자 꾹꾹 눌러가는 청맹과니 몸짓인가

어중간이 덫에 걸린 석고상만 같은 몰골

오밤중 시곗바늘이 힘겹게 돌고 있다

-「자상화自像畵」 전문

"오밤중 시곗바늘이 힘겹게 돌고 있"다. 그 시간 동안 내면에 바글거리는 회귀적 자아의 아포리아가 생생하게 일어나 후경을 이룬다. '자상화'는 직접 거울을 보며 캔버스에 자신을 그린 그림을 일컫는다. 회귀적 자아가 자신에게 스스로 건넨 비판적 물음들이 슬픔으로 채색된 한 편의 자상화가 된 것이다. "세월이 녹슨 현관문"은 지금 "목하 도색 중이다". 현관문의 표면은 거스러미가 일어난 듯 '몸피듬'이 생겼고, "적막한 황혼"을 '초롱꽃'이 낮은 촉광으로 비추고 있다. 자아가 "톺아보는 낡은 유산"은 "복도 끝에 밀려나" 자상화의 어딘가 한 부분이 "무너진 풍경"처럼 "흑백으로 잦아"들고 있다.

화자의 슬픔은 인용시의 셋째 수에서 좀 더 분명해진다. '천칭' 같은 양쪽 어깨가 '마른 살갗'이 가라앉은 듯이 무겁다. 그것은 작품에 가시화되지 않은 어떤 책무와 맞닿아있을 것이다. 그러한 고민으로 낮이든 밤이든 앓고 있다. 낮 동안 일상과 타자 사이를 헤매며 지쳤던 몸을 밤에는 수면을 취하면서 회복해야 마땅한데, 화자는 마치 "박제된 데칼코마니"처럼 밤낮 아프다. 눈을 뜨고도 "점자 꾹꾹 눌러가는" 듯이 다가오는 시간이 까마득하기만 하다. 그렇게 잠들지 못하는 밤에, 화자는 "어중간이 덫에 걸린 석고상" 마냥 그저 존재할 뿐이다. 그리고 시간은 크로노스의 시간과 카이로스의 시간이 마구 엉겨진 채 어디론가 흐른다.

시간은 자기를 제시하는 무한한 힘이다. 그 힘을 유한하게 만드는 건 자신이다. 회귀적 자아는 얼마든지 시간을 넘나들며 "차안피안此岸彼岸 에돌다가"(「자반행장」) 만난 사유와 감정을, 언어로 기획한 시간 속에 다시 담을 수 있다. 이러한 방식으로 출현할 수 있는 이야기는 무한하다. 거기에는 자아가 보이고자 한 '자기'가 있으며, 인용시에서는 '자기'를 번민과 슬픔으로 그려낸다.

구지평 시인이 자신의 '자상화'를 아픔으로 채색하게 된 이유에 대해서는, 다음 작품에 제시된 '혜윰'들을 통해 일부 가늠해볼 수 있겠다.

　　외돌던 걸음 잠시 설 때 같이 서는 혜윰들이

　　오랫동안 이 길을 걸으며 안개는 숲밭에 어떤 비밀 감추는지, 구름은 내 앞에서 거리를 유지한 채 으쓱거리며 어떤 보폭 맞추는지, 삘기는 잔디 사이로 새봄을 밀어 올릴지, 칡넝쿨은 비탈 짚고 기어이 올라설지, 가을에는 저 가을이 가을답게 공활 할지, 숲들이 귓속말로 으밀아밀 속닥이는 것을 힘들 때마다 느낀다. 발목을 잡는 들풀이 또 우렁잇속이 되었을 때, 슬며시 길섶에서 나온 유혈목이 사리사리 틀고 앉아 음흉한 혀로 유혹할 때, 다시 돌아서 갈 것인가 아니면 한바탕 눈치 싸움을 한 후에 꼬리를 감추는 놈에게 워럭 흘기고 다시 걸어갈 것인가, 나는 또 좌고우면하는 것이다. 한차례 방정식이 끝날 즈음에 발자국이 묵직한데 한 가지 분명한 건, 매몰차게 내려치거나 돌멩이로 사정없이 머리를 찍는 따위는 도저히 할 수 없는 내 모습이 허위허위 허공밟기만 하는 것이다.

　맺음말 등을 밀 때쯤 그예 앞서는 귀거래사.

－「머리말」 전문

　화자는 "외돌던 걸음"을 잠시 멈춰 섰다. 그 자리로 길어진 중장만큼 '혜윰'들이 늘어섰다. 혜윰은 생각을 뜻하는 옛말이다. 작품 「머리말」에서 안개, 구름, 삘기, 칡넝쿨, 가을, 숲, 들풀, 유혈목이 등의 자연물은 화자

103

를 둘러싼 인간 군상과 닮아있다. 안개는 솔밭에 비밀을 감추고 있어 속내를 알 수 없다. 구름은 화자인 '나'와 거리를 유지하며 보폭을 맞추는 듯하지만, 으쓱하는 모양으로 보아 어떤 보폭을 맞추고 있는지 알기 어렵다. 이 와중에 삘기는 "잔디 사이로 새봄을 밀어 올"리게 될지, 칡넝쿨은 "비탈 짚고 기어이 올라"서긴 할는지, 가을은 정말 가을에 걸맞게 공활 할는지, 화자는 숲들이 "귓속말로 으밀아밀 속닥"일 때 힘겨움을 느낀다. 또 "발목을 잡는 들풀이" "우렁잇속이 되"어 진심을 은폐하고 있으며, "길섶에서 나온 유혈목이 사리사리 틀고 앉아 음흉한 혀"로 화자를 유혹한다.

위 시에서 안개와 구름, 숲, 들풀, 유혈목이는 화자와 마음을 나누기 어려운 상태로 거리를 둔 타자들이다. 그리고 삘기와 칡넝쿨은 굴곡진 인간사에서 버티며 살아가고자 하는 계층으로 비유된다. 세상살이가 "길 따라 저무는 연緣 수북이 쌓아놓고/ 온밤을 묶은 채로"(「시절인연」) 상념을 내려놓기 어렵기 마련이다. 또 "바늘밥/ 짧은 인연에/ 새 매듭을 짓는 일"(「쇠발찌」) 역시 쉽지 않듯, 다양한 유형의 인간과 어울리며 세

파를 이겨내는 게 만만하지 않다. 이 가운데 화자는 고민한다. "다시 돌아서 갈 것인가" 혹은 그들과 맞서 "한바탕 눈치 싸움"을 할 것인가. "꼬리를 감추는 놈에게 워럭 흘리고" 별일 없었다는 듯이 걸어갈까. 그렇게 "나는 또 좌고우면"한다.

하지만 고뇌가 나아가는 방향은 '귀거래사'처럼 정해져 있다. 스스로 '방정식 풀이'를 마치고 얻은 한 가지 '맺음말'은, 타자에게 "매몰차게 내려치거나 돌멩이로 사정없이 머리를 찍는" 행위 따위는 할 수가 없다는 것. 그냥 할 수 없는 게 아니라, '도저히' 할 수 없다는 것. 그래서 늘 그렇듯 화자는 "허위허위 허공밟기"를 한다. 그것이 지금까지 시간을 지나오며, 또 시간 속으로 거슬러 걸어 들어간 회귀적 자아의 과거-현재의 모습인 것이다. 구지평 시인이 보여준 맑은 혈류의 근원이 마음의 이 지점에 근거한다는 사실을 확인하게 된다. 그가 가고자 하는 "치자향 가득한 곳 그곳은 멀리 있"지만, 그럼에도 불구하고 그곳으로 향하는 길은 시인이 스스로 정도正道를 찾아 "비탈진 계단으로 오래도록 걸어온 길"(「으밀아밀」)이기도 하다.

*

　구지평 시조의 회로에 흐르는 혈류가 맑은 데에는 불교 사상도 한몫하고 있다. 이번 시집에는 불교 사상이 반영된 시편이 다수 발견된다. 그리고 그 시편을 통해서 시인이 부정적인 상념을 걸러내고 정서가 맑아지게 된 몇 가지 근거를 찾을 수 있다. 앞서 제시했듯이, 구지평 시인은 2022년 불교신문 신춘문예에 「내성천변 물래실」이 당선되었다. 이때 심사를 맡은 문태준 시인 역시, 심사평에서 "시행을 따라가며 읽을 때 잡스럽고 탁한 것을 걷어내며 밝고 환한 달이 떠오르는 모습을 절로 상상할 수 있었다"라고 언급한 바 있다.

　　어정쩡한 물안개가 저녁강을 서성이다

　　속기 벗는 투명함에 산빛이 걸어질 때

　　실골목 저뭇해지는 내성천을 감싸고

　　굼닐대던 저녁연기 모래톱으로 불러내면

　　속 깊도록 시詩에 숨어 우련한 물래실이

　　갈라진 시간 틈새로 제 몸피를 드러낸다

허물어진 돌담 너머 마당귀 마른 장작더미

텅 빈 방 잠긴 시간 푸른 여백 문장인데

이제야 적요를 푸는 한 올 한 올 자화상

평면으로 구겨지는 빛바랜 담초談草 위에

창문마다 달이 뜨면 거기에, 아! 거기에

묏등에 답청하시는 어머니가 서 있네

-「내성천변 물래실」전문

'물래실'은 경북 예천의 마을 이름이다. 인용시는 그 곳에서 펼쳐지는 배경을 선명하게 묘사한다. 첫수를 살펴보면, 저녁 강가에 물안개가 퍼져 있다가 마치 '속기'를 벗듯이 사라지고, 산의 검은 빛이 짙어진다. 실골목과 내성천은 날이 저물어 어스레하다. 둘째 수에서 시선은 물래실로 옮겨간다. 모래톱에 저녁연기가 자욱하고, 물래실은 "속 깊도록 시에 숨어 우련"하다. '기-승-전-결'의 4단 구성에서, 시상의 전환이 이루어지는 셋째 수에서는 "이제야 적요를 푸는 한 올 한 올 자화상"이 등장한다. 그 모습은 "텅 빈 방 잠긴 시간 푸른 어백 문장"과 같다. 시상이 갈무리되는 마지막 수에서, 셋째 수에서 언급된 문장들이 "평면으로 구겨지는 빛바랜 담초"가 되어 "창문마다 달이 뜨면 거기에"서 흘러나온다. "아! 거기에" 이 시의 중심에 위치한 '어머니'가 등장한다. 어머니는 "묏등에 답청"을 하고 계신다.

인용시를 통해서 살펴본 것처럼, 구지평 시인의 시 세계는 "속기 벗는 투명함"이 내재되어 있다. 그 맑음은 속이 깊어지도록 '시詩에 숨'은 시인의 시적 결과물이기도 하다. 그 저변에는 "하늘에 별이 되어 내려 보는 내 어머니(「동지팥죽」)"가 계신다. 어머니는 "가풀막 큰바람에/ 합장하고 허위허위/ 저 몸부림, 별이 되라" (「가을 모정」)는 전언을 시인에게 전하신다. 여기에 비움을 바탕으로 개결한 마음을 온축하는 불교 사상이 자리한다.

태초에 돌아드니 번뇌 망상 사라지네

자욱한 붉은 기운, 천상에는 서라벌 성좌

웃풍도 적멸에 겨워 미동조차 없는 방

천년 세월 건너오신 두 분의 미륵불님

손가락 끝 가벼움에 불국토를 올리셨네

눈웃음 부처님 말씀 저리 살가우시고

오므린 듯 입술 사이, 수줍은 듯 염화미소

사그락사그락 법의 자락 숨결에 흔들리네

견고한 반가 자세로 미혹 끊어 성불하셨겠네

보살님, 그만 돌아가 자성불법 닦으시게

광배도 내려놓은 순환의 끝없는 여정

고요 속 참선에 드시면 다시 또 천년이겠네

-「사유의 방」전문

    위 시에서 카이로스적 시간–사유는 불교 사상과 결
합되면서 회귀적 자아로 하여금 "태초에 돌아"들게 한
다. 그와 동시에 화자는 "번뇌 망상 사라지"며 "천년
세월 건너오신" 미륵불님의 살가운 말씀을 되새긴다.
미륵불은 "견고한 반가 자세로 미혹 끊어 성불하"였
다. 그처럼 화자도 "자성불법 닦으"며 "고요 속 참선"

에 들고 싶었을 것이다. 시간은 돌고 도는 회로처럼 "순환의 끝없는 여정"이지만, '천년'을 흐르는 부처님의 깨우침이 시간의 어디에든 '숨결'로 존재한다면, 세상의 기운도 맑아질 것이다.

불교는 마음의 종교다. 그것은 인간의 심성心性, 깨달음과 연결되기 때문이다. '유신설唯神設(신神의 섭리를 중심에 놓는다)'과 양대 산맥을 이루는 '유심설唯心設'은 '마음의 탐구' 혹은 '마음의 정화'를 강조하며 불교 사상사에서 핵심적인 위치에 놓여 있다. 구지평 시인의 불교적 색채는 인간의 마음 작용 즉, 마음가짐에 방점을 찍는 유심설과 상관관계를 이룬다. 요컨대, 심본주의心本主意라 할 것이다. 그가 마음을 가다듬으며 시의 회로에 맑은 혈류를 흐르게 하는 것은, 이런 부처의 마음과 닮기를 바라는 화자의 태도에서 기인한다. 그가 '사유의 방'에서 기원하는 것도 결국 '마음의 정화'이리라.

덕숭산 누자락에 터를 잡은 도량에서

중생과 부처가 서로 어깨를 걸고 있다

소우주 들숨날숨이 누천년을 흐르고

불두수족佛頭手足 몸피 줄인 화전리 저 사면불

찰나에 흘러가는 사방정토 통찰하다

터앝이 피안의 언덕 배추벌레 푸른 똥

얼굴에 핀 검버섯 우세종이 되더니만

피부암으로 변질되어 몸피를 늘리는데

남은 생 데리고 갈란다, 아버지 웃기만 하고

암이라니, 아부지가! 호들갑 떠는 막내

해탈한 아버지의 고적한 시간 앞에

약사불藥師佛 둥근 약단지에 빈 웃음이 환하다

– 「수덕사 원력」 전문

  '원력願力'은 부처에게 빌어 원하는 바를 이루려는 마음의 힘을 가리킨다. 정토교에서는 아미타불의 구제력救濟力을 이르기도 한다. 화자는 "덕숭산 누자락에 터를 잡"아 천년의 불사佛事를 이어온 '수덕사'에서 마음을 다해 원을 빌고 있다. 그 이유는 인용시의 셋째 수에서 구체적으로 드러난다. 아버지의 "얼굴에 핀 검버섯"이 "피부암으로 변질되어 몸피를 늘리"고 있기 때문이다. 이 사실을 알고 "호들갑 떠는 막내"와는 달리, 아버지는 "고적한 시간 앞에" 해탈한 듯 웃기만 한다. '약사불藥師佛'은 중생의 병을 고쳐주는 부처인데, "약사불 둥근 약단지 빈 웃음"만 환하니 화자의 마음은 "해지는 저녁나절 먹장구름 몰려오고"(「단애」) "먹감나무 이파리에 멍 자국 남아있"(「달빛 덖는 밤」)는 것처럼 슬픔으로 가득하겠다. 하지만 화자는 아버지가 보여주는 해탈의 마음결을 읽으면서, 숙연한 가운데 원을 빌었을 것이다.

이처럼 구지평 시인의 회귀적 자아는 "겨우내/ 참회문 한 줄" 쓰듯이 시의 회로를 돌며 "공덕을 쌓"(「거미 부처님」)는다. 그리고 여기에는 마음 공부와 탐구를 중시하는 불교 사상이 진하게 녹아 있다. 그러하기에 구지평 시인에게 시 쓰기는 "부릅뜬 생살을 깎아 알심 맺는 살신공양"(「가을공양」)의 형태와 유사하다. 하지만 그가 보여준 시의 맑은 혈류는 "그윽한 매향 만릿길 누천년을 흐"(「매화타령」)르는 일처럼 멀리 펴져 나가 세상의 어딘가를 순화시킬 것이다.

*

시의 회로에서 자아와 타자의 분할은 자아가 타자에게서 한발 물러선다는 의미가 아니라, 오히려 양자 간의 뒤섞임을 일컫는다. 타자의 존재성을 분명하게 인식한다는 뜻이며, 그것은 자기 바깥의 세계에 대한 해석을 통해 추상적인 관계를 경험적으로 규정한다는 것을 지칭한다. 회귀적 자아가 카이로스적 시간을 유영하며 부단히 이동하는 과정에 사유의 길은 자기에서 나아가 타자와 주변 세계에 대한 준–본질을 향한다. 구지평 시인이 타자에게로 나아가는 시적 회로의 어느 지점을 주목해 보자.

개미굴에 불빛 든다, 새들이 집에 들 때면
입을 봉한 검은 얼굴 똑같은 걸음걸이
집어등 건물 안으로 일개미들 쓸려간다

쏘아올린 돌팔매가 과녁 비켜 되돌아온다
귀살쩍은 발목으로 사다리를 오르다가
백야에 헛딛는 허방, 외돌다가 눕는다

옥상에 올라가면 검은 눈은 늘 내리지

죽어버린 그 눈들이 눈으로 내리는데

워라밸, 달빛 무젖은 밤고양이 칸타타

모두가 알고 있지, 층층이 복층인 걸

기본급 연장수당 심야수당 특근수당

오늘도 부러진 볼트로 키 높이를 맞춘다

-「번아웃 증후군」 전문

가없는 문장에서 당당히 비상할거야

내 탓이 아니었어, 힘들고 지칠뿐이야

떠나자, 마우스를 타고 언 땅에 아바타들아

사이버스페이스 속 서핑하는 이카로스

불안해지는 모니터에 투명한 모음들아

백허그 은밀한 덫에 매달리는 페르소나

-「젊은 비망록」 전문

114

타자의 삶 앞에 멈춰선 회귀적 자아의 눈시울이 여전히 뜨겁다. 그것은 구지평 시인이 세계를 대하는 태도와도 연관되어 있다. 그는 부단히 노력하여 만들어낸 맑은 혈류로 주변을 둘러보고 공감하며 언어로 기획한 시간 속에 공유한다. 두 편의 인용시는 이러한 모습이 잘 드러난 사례라 할 것이다. 먼저, 「번아웃 증후군」은 현대인이 많이 겪고 있는 만성적 직장 스트레스와 피로를 제재로 취하였다. "집어등 건물 안으로" 쓸려 들어가는 '일개미'들은 "입을 봉한 검은 얼굴"로 "똑같은 걸음걸이"를 하고 있으며, "쏘아올린 돌팔매"는 맞추려던 과녁에 가 닿지 않고 화자에게 되돌아온다. 그래서 화자는 "백야에 헛딛는 허방"으로 "외돌다가 눕는다". 첫째 수와 둘째 수에서 일으킨 이미지는 셋째 수에서 '검은 빛'으로 강렬하게 시각화된다. "옥상에 올라가면 검은 눈"이 내리고 "죽어버린 그 눈들이" 다시 "눈으로 내리는" 것이다. 그렇지만 화자는 "부러진 볼트로 키 높이를 맞"추기 위해 오늘 하루를 또 보낸다. 아무리 일을 해도 바뀌지 않는 현실과 올라갈 수 없는 신분 상승의 한계 등으로 좌절감과 무력감을 느끼는 것이다.

한편, 「젊은 비망록」에는 "2022년 자살로 인한 사망자는 1만 2,906명이며 자살사망률(자살률) 인구 10만 명당 25.2명이다."라는 각주가 달려 있다. 이를 통해 추측 가능한 바, 이 작품은 자살률이 높아지는 한국 사회의 단면을 보여주며, 제목에서도 읽히듯 청년 자살의 문제를 다루었다. 인용시에서 집중하는 시적 대상은 "불안해지는 모니터"에 의탁한 채 "백허그 은밀한 덫에 매달"린 젊은이들이다. 그들은 '아바타'나 '페르소나' 속에 침잠하면서 힘들고 지친 삶에서 벗어나고자 한다. 그러나 그들이 헤매는 장소는 '사이버스페이스'와 같은 가상 공간일 뿐이다.

위 두 작품에서 구지평 시인이 응시하는 대상은 "누워 사는 그림자"와 같고, "어둠에 뼈가 녹"(「자리끼」)는다. "돌같이 타는 울음/ 피멍 같은 놀빛"(「저녁강」)이 그들의 주변을 가득 메워도, 시인은 비극 앞에서 눈물을 흘리는 일에 몰두하기보다 아픔을 명명하고 조명하는 방식으로 타자의 감정에 동감하고 슬픔을 분출하며 카이로스적 시간-미래-사유를 엮어내고자 한다.

"낙타가 덫에 걸려 주름살 골이 깊어도 // 사구砂됴에 / 걸린 노을이 기지개를 켜"(「LOG OFF」)는 것처럼, 어둠 속 상처가 드러나고 치유되길 바라는 것이다. 그러한 시적 의도는 다음 작품에도 나타난다.

피자 한 판 펼쳐놓고 자비 없는 땅따먹기
쟁기 대신 목총으로 죽기살기 맞짱 뜬다
울다가 얼어터지는 건 애먼 서리병아리

글로벌 전광판에 오디 빛이 배어든다
느닷없는 폭발음에, 살 떨리는 긴장 속에
귀청이 닳고 닳아서 달팽이관 반질댄다

봄인 듯 겨울인 듯 몸 낮추는 삼월 바람
흙먼지 검은 외투 의미 없는 살상의 장
비탈길 우크라이나여, 성전이 함께 하리

- 「울컥, 우크라이나」 전문

전쟁은 끝없는 화두이다. 지금도 지구의 어딘가에서

멈추지 않는 전쟁으로 비켜야 할 '서리병아리' 같은 여린 존재들이 목숨을 잃거나 다치고 있다. 위 시는 우크라이나와 러시아의 전쟁을 냉소적 시선으로 그려내었다. 이 전쟁에 대해 시인은 "피자 한 판 펼쳐놓고 자비 없는 땅따먹기"를 하는 것처럼 "의미 없는 살상의 장"이라고 정의하였다. 그리고 '성전'이 '비탈길'에 놓인 우크라이나와 함께하길 바라는 마음을 담았다. 우리와 다른 공간에 있는 타자들의 아픔이라 여기지 않고, 구지평 시인은 그들의 상황에 대해 진정성 있게 고민하고 평화라는 준─본질에 다가가는 것이다. 그의 눈빛이 향하는 회로의 어느 곳에든 비창悲愴이 공존하며, 여기에는 시인이 시를 대하는 숭고한 넋이 배어있다.

*

가엾고 헛헛하다. 눈을 감지 못한 사랑

함몰된 생의 흔적 더듬는 눈꺼풀에

지친 넋 허물어지며 절규하는 뭉크씨

─「미완성 문장」 일부

구지평 시인이 시에 회귀적 자아를 불러와 앉히고 자아와 타자, 세계를 탐색하는 동안, 그 스스로는 "절규하는 뭉크씨"가 된다. "끝나도 끝나지 않을, 길 위에 길 벼룻길"(「시詩집살이」)이라는 또 하나의 시적 회로를 돌며 "세한을 밟고 서서/ 벼린 날로 돌"(「세한석공」)을 쪼고 깨는 것이다. 그가 걷고 있는 카이로스적 시간은 목적지향적이며 발전적인 시간이기도 하다. 회귀적 자아의 목소리로 시간 곳곳의 이야기를 풀어내고 사유의 흐름을 시화하지만, 결국 그가 향하는 곳은 맑은 혈류가 퍼져 나가길 바라는 아직 오지 않은 시간에 있다.

시 쓰기에 대한 구지평 시인의 "가엾고 헛헛"한 사랑은 "눈을 감지 못한 사랑"이고 때로는 "지친 넋 허물어지"게도 만든다. 그러나 그가 실천하는 지극하고 참된 정성으로 인해 그의 언어는 유효한 사랑이 된다. 그렇게 카이로스적 시간-사유 행위로 자아와 세계의 준-본질에 접근하는 순간들이 반복될수록 그의 시 세계는 세상을 바라보는 시선에 순도가 상승하고 시적 의지 또한 고양될 것이다. 구지평 시인이 새롭게 형성한 시의 회로에는 슬픈 지점들이 자리하지만, 슬픔을 추

동하며 우수를 극복하고 감정의 불순한 부스러기를 정화시킨다. 그가 지키려는 마음과 맑은 혈류가 험난한 세계에 또 하나의 가능성을 빚어내길 바라며, 구지평 시인이 열어갈 시의 기대 지평에 더 밝고 환한 불이 켜지길 빌어본다.